詩集　唖問

小勝雅夫

土曜美術社出版販売

詩集　唖問＊目次

Ⅰ　序章　自伝的　私的　私小説的

Ⅱ　海・墓苑

Ⅲ　啞問

詩集　唖問

亡き妻　久美子に

I

序章

自伝的　私的　私小説的

1

「日陰」に生きてきた
日陰に　愛し　書いてきた

切り立つ層をなす書物の断崖から
無限の海を望み見ながら
常に「書物」から引き離されて
言葉と沈黙との僅かな空域をさ迷い
何時か余白のかげに目立たず　影として
翳の上に影を重ねた

生きるという軛《くびき》を背負って俺は生まれた
生まれは堀端番外地　生まれながらに肺を病み
俺にとって生きるとは病むことだったのだ

その上　屋根型に変形した横隔膜と　漏斗胸の胸に付きまとう黒い
　影に怯えながら
煮え湯を浴びた足の火傷を　俺の生きる証《しるし》として俺は生きた
その胸にできるかぎりの爽やかな風を求めて
あてもなく　重い足を引きずり歩いた

だが　あの夏　一九四五年──十五歳という
その俺も　大空襲をくぐり抜け
昔ならば「元服」という〈大人〉の　この腺病質の軀《み》で三八式歩兵
　銃を磨き
動員された陸軍火工廠では竹槍の勤労動員学徒として敗戦
やがては〈本土決戦〉で確実に死んでいたかもしれぬ
日給一円の生徒たちの中にいた

時代も俺に優しくなかった……戦争という最大の災禍が去っても
過渡期を生きる　この少年に「夏」という休みはなかった
十六歳　占領軍立川JAMA基地貨車積み下ろしの日雇いは
八人家族を支えるいささかの足しにもならず
やがて電気メートル調べ少年として　分厚い検針カードを抱え
炎天にひたすら　敗戦の町を　村を　訪ね歩いた夏だけがあった

夏が去り　秋が過ぎ　ある時は雪解けの
ある時は霜解けの泥濘に足を取られ
時には米軍将校接収住宅の猛犬に追われて電柱に逃げ上り
門付《かどづ》けのように戸口から戸口をたどった

そうして　一九五〇年　夏再び　十九歳
収容された逗子小坪　湘南の結核病棟《サナトリウム》で
再び不安の海に叩き込まれた
――朝鮮に戦争　蘇る劫火の記憶……

2

だが　ある日　夏　バスが停車すると
突然　天啓のように路地の奥に輝いている　太平洋の白波がひらけ
俺はいつからか詩を書き始めていた……
唯一の幸せの舞台だった夏の海　遠い白波
ひと夏　ふた夏　さらに幾たびかの幼い夏を祖母と過ごした房総の
　海辺
そしてテニスコートのある
慶應大学病院の病室で　白衣の女性たちに甘えたひとときの追憶が
俺を背負って医院に通った母の背なかの温もりと共に
一挙に俺を優しい思いに引き戻したのだ

だが戦争が奪い去った夢
そこには声高に喧伝された世界の「荒地」も

況《ま》して「学園」や「安保」への連帯もなく　ひたすら当てのない彷《さす》
徨《らい》のあと
ただ夏が来るたびに
風に乗って神宮球場からあふれ出る歓声とともに　六大学への憧憬
が飛び込んできた
だが夢み焦がれる彼には排除と拒絶しかなく
一度でもこの若者たちの熱闘を分かち合うこともなかった

ただ見出されたわずかな希望が
リンゴを売り歩く貧しい少女への優しさだけが生まれた
——死んではいけないんだ
「何としても　君は
生きてるだけでもいいんだよ……」

腕に自傷を繰り返す彼女を　励ましながら　実は
俺自身へのものでもある　その稚い言葉に俺は哭いた
それは俺自身への唯一の俺の言葉でもあったのだ

だがこの貧しさの中で　俺は死ぬことも生きることもなかった
細々と　片言を綴りながら
擦り切れた　翻訳の断片《きれはし》を手に　いくつかの名を覚えた
朔太郎　重吉　立原……　ヘッセ　カロッサ　リルケ
　ヴァレリー　ボードレール　……海のむこうから来て
出会った詩人たちと　拙い対話を重ねた
「血をもって書け」という『ツァラトゥストラ』の言葉が響き
またペソア　カフカのように　一介の会計士として　書記として
世界の片隅で　詩を書きつづけたという

市井の詩人たちにすがりつき　その深い意味も知らずに
『命懸け《血をもって書け》』という言葉に励まされて
偉大な詩人たちと　惨めな自分を重ね合わせた

3

だが彼に出来たことといえば　焼け跡の瓦礫の上に茣蓙を敷いて
その上に縁日の花火や飴玉を並べることから始まり
占領軍基地の貨車の積み下ろしや　米軍トラックタイヤの焼付修理
メートル調べ　結核療養所生活を経て
首切られた保険会社の日雇い
時に一枚幾らかの筆耕料を稼ぎ　街角に花屋を開き
私塾の教師　労働組合の書記に雇われ
ようやく町役場の吏員として　カフカのように
にんげん達に囲まれて生きることだったのだ
そしてそこに見てきたものは
澱んだ水の底にあって蠢《うごめ》いている人間たちの姿だった……

＊

だが　その時　不眠の蒼褪めた夜を繰り返し夜空に響く旋律を俺は
　聴いた
――なんという蒼褪めた夜だったろう
チャイコフスキー　ヴァイオリン協奏曲第一楽章の
軋《きし》り泣く孤独の旋律が俺の心に飛び込んできた
その軋りは夜ごと大きく
俺の頭蓋のドームも割れんばかりに響き渡った
そうしてついにその響きは俺の叫びそのものとなり
俺の脳裏に反響した

4

いつか強いられた戦争を生き抜いてきた者たちが次々に世を去り
戦争を知らない者たちが新しい戦争に加担していく
死者たちが加速度的に増産され　使い捨てられ
気がつくと劣化ウランや化学兵器《サリンガス》という新しい怪物が　人々の命に
　食い込み
青空のもと　世界は今や新しいガス室になった
その上を数万年を半減期とする　見えない霧が覆い始めた
遠く離れてなおつながる幾筋もの爛《ただ》れた火山脈から
次々に噴き出してくる殺し合い　虐殺と差別と拒絶と収奪の上に
世紀の疫病《パンデミック》が襲いかかってきた
〈今ではそれすら生ぬるいかのように　瞬時に何万という人間を殺
　戮する兵器を振り回すもの〉

以来　俺には見えてきたのだ
漂う見えない霧の中に蠢《うごめ》いている
にんげんの群がその影も薄れ
半減期を待ち切れず　陽炎《かげろう》のように揺れながら腐蝕され爛れていく
のを

今は不可視の霧が
匂わず　見えず　何者も振り払うことができない命を蝕み
戦争も平和のすべても呑み込んで
克服する方策もなく真実の望みもない
生きとし生きる者はみな「名前」を奪われ
飛び交うのは虚妄の「希望」を売り込む虚《そら》ぞらしい宣伝広告《プロパガンダ》ばかり
だ

ひとびとはそこに立ちすくみ
あるいは無知と不毛のかりそめの「未来」と狎《な》れあって遊ぶ加担者
となり
気がつけば蝕まれたおのれ自身の影も崩れて
改めて「にんげん」であることの耐え難い苦痛に目覚める……

だが　この苦痛に目覚めて
振り払った虚妄のなかからどのように「希望」を摑むことができる
のか
「希望」という言葉に値する真実の希望はあるのか
ただひたすらに希望を信じて
この問いを問い続けるしかないのか

Ⅱ

海・墓苑

1

海は墓苑だ
穏やかな昼下がりなど　その無数のさざ波ひとつひとつを墓標として
死者たちは生者を誘い　共に生きた思い出に　和みあうのだ
だがそればかりか　訪うすべての者らを憩わせ
私たちはその穏やかな陽ざしのもと　そこに死者たちが永遠の安らぎ
を享受しているものとしてその昏い海の底を見ることをしない
だが愛するものと別れ難く　一人水際に敬慕の思いに身を委ねる者に
は
そこに聴こえてくるものがあるのだ

夕暮れ　あたりの喧騒が鎮まるにつれて
潮騒《しおさい》の海の中から微かに聞こえてくる声がある

それは死者たちの声か
目を凝らすと無数に　垂直に
浮かぶともなく　沈むともなく
垂直に浮遊している
あの空虚を湛えた肉体が
なお生きながら
援けを待って立ち泳ぎをしているように見えてくる

私たちは初めて　海が
戦いに死んでいった死者たちの
荒涼たる墓場であったことを思い知るのだ

飽きることない愚かな戦いの中で沈んでいった死者たちの

その声は　言葉にならぬ　ことば
やがて消えさる泡のように
人知れず生き　死んでいった
名もなき人々の声のように
遠くいつまでも
いつまでも漂うとみえて
ひそ　ひそ　ひそ　ひそ
ことばの海に漂う泡のことば
はじけていく泡の怨嗟《えんさ》
耳を澄ますと聞こえてくる
くらげのように波に身を任せ
半ば透明に水に浸り
いつか波の漂いの中に消える声　そして

ひた　ひた　ひた　ひた
月日という流れに身をゆだね
浮き沈みする
死びとたちの群

あれは水中に漂う死者たちの声
垂直に
浮かぶともなく　沈むともなく
無言に　浮遊している
袋である空虚
水中に漂い　垂直に浮き沈みする
浮かぶともなく沈むともなく
その空虚を湛えた肉体は　なお生きながら

垂直に必死に立ち泳ぎしている

それは水中に漂う
死者たちの声
垂直に浮かぶともなく　沈むともなく
その袋である空虚は
ひそ　ひそ　ひそ　ひそ
無言に　なお声立てて　浮遊している
その空虚を湛えた肉体は　なお生きながら
垂直に　必死に堪えながら立ち泳ぎしている

けれどもひとたび海が荒れ狂うとき
殺戮の思い出に　耐え忍び　底深く押し殺されていた

業火と殺戮の　海の思いが
言葉にならぬ叫びとなって吹き荒れる
乱れ飛ぶ阿鼻叫喚は　空中に渦巻く
狂乱の叫びの切れ目から沸き起こるのは
飽きることのない生きものの闘いに絶望した死者たちの
一斉の哄笑となる

にんげんは　ことば
やがて消える　言葉にならぬ　はじけ飛ぶことばなのだ
そしていつまでも　そしていつまでも
漂うとみえて　はじけ飛ぶ叫び
ことばの海に荒れ狂う
砕けていく怒濤の　漂いの中に

無数の唖者の声がくらげのように
波に身を任せ
絶え間ない戦争への怒りに
狂乱は哄笑となって狂う
死びとたちの群れが　狂う
半ば透明に水に浸り　狂う
月日という流れに身をゆだね
死びとたちの群が生きることを求めて
叫ぶ

2

そしてまた　見えてくる
炎天の海を
透明な水の経帷子を身に着け
長い時間をかけて　ゆらめきながらやってくる　泡の亡者たち
遥かな沖に浮かび上がった　難破船の蜃気楼から
揺らめきながらやってくる
生きることから放逐された難民たち
その薄い死装束から水滴らせ　次々に
水の上を歩いてくる　冥府からの帰還者たちが

そうして音もなく
盆踊りの円陣に加わるのが見える
その経帷子を透かして

引き毟られて垂れ下がる皮膚
焼け爛れたあらわな内臓
腕を　足を　首を失った死者たちが
目の前を通り過ぎ
そしてまた
目も鼻もない黒焦げのひとの群れが
沈んでいた汚泥とともに上がって来るのが……

やがて祭りの人たちが過ぎ去った夜更けの広場に
音もない円陣を組んでいつまでも死者たちの
終らない踊りが続くのだ

…………

忘れることはできない――
死者たちは声を持たない
私たちは　ただ
その眼から　その閉ざされた口から
その焼け爛れた手から脚から
死者たちの声を探り　耳を傾け　訴えつづける無言の声を
私たち自身の　自らの胸に聴くのだ

彼らを想う　私たちの胸の奥深く木魂《こだま》する
無言の　声を聴くのだ……

Ⅲ　啞問

*

――眼だけが叫びを上げることができる
ルネ・シャール

「眼だけが叫びを上げることができる」
今は眼だけが
眼だけが言葉を超えるのか

匂わず　聴こえず　盲《め》しい　耳しい
唖《あ》して　なお問うもの
聾《みみし》いて聴き　盲しいて見
唖して　なお問うもの

だがこの三重苦にも　問い続けるもの
遊行《ゆぎょう》の唖者

今は言わねばならないだろうか
もはや人に似て人ではない
人としての言葉を失った今
あらゆる灰の妄語を振り払えば

今は失語の一人として　生き続けることは可能だろうか
生きてなお　問い続けることは
唖者として
終りのない死者への問いを生き続けることは
可能だろうか

そしてまた　この泡《あわ》の身に今〈在る〉ことを問い続ける詩《ことば》は
可能だろうか

*

降り積もる言葉を脱ぎ捨てれば死
あらゆる虚妄を削ぎ落とし　死を研ぎ澄ます
「希望」という欺《あざむ》き　「真実」という虚妄の
すべての灰を振り払えば　言葉を失い
身にまとうのはただ糞掃衣《ふんぞうえ》　もはや立ち戻ることのできない遊行の
躓きの啞者
それでも生きてなお私たちを繋ぎとどめる言葉を問い続ける

唖者として
なお生きる言葉を問い続けることはできるか
叫びを上げる無数の眼に
応える言葉を探すことはできるのか

すると聞こえてくる――
「私は言葉を信じない　私は言葉でそれを告げる」
と告げた詩人*の声
それはことばで神《ことば》を超えようとすることか
神《ことば》を超える詩《ことば》は　可能か?　と
私はしかし信じないという言葉を信じない

眼だけがただ叫びを上げるのか　いや　眼だけではない

(耳が　鼻が　口が　手が　足が　また一切れの皮膚が……
叫びを上げているのはアウシュビッツの　ヒロシマ　ナガサキの
　だけでない
――ポル・ポトの　ポグロムの　広島　長崎　南京の　何処でもな
　い何処かで
すべての名もなく無差別に惨殺された者たち
一人一人の名を剝ぎ取られ
浮浪者　同性愛者　障碍者として　絶滅収容所に送り込まれたもの
たち　熱線に曝されて大量殺戮に追い込まれたものたちの　そし
　てここに
書き残されたもののすべて
あらゆる差別と　排除とに　人間であることを拒まれたひとたちの

焼け爛れた皮膚とともに
見開いたまま死んでいった彼らの目に焼き付いて消えない地獄の業
　火に
今も叫び続ける眼が（耳が　鼻が　口が　手が　足が　またその遺
　されたものすべてが……）
叫び続ける
だがこのとき死者たちが語ることばは？
そして
どのような問いかけにも死者たちに応えはない
ただ叫びを上げているのだ
完全に唖者である死者
それらの唖者を前に　私たちもまた彼らのその貧しい世界で

共に唖者を生きなければならないだろう
私たちは生きながら死者たちの死を生きなければならないだろう

わずかに残された言葉を私は記す——
今も暗く恐怖の名残を留める北の森に　無数の屍体と共に埋めてきた言葉のかずかず
密林に遺棄されたまま腐乱した飢餓の言葉
爆風に吹きちぎられて垂れ下がる　ぼろぼろの皮膚にまつわる
今では誰も口にしない言葉たち——
言葉を断った深い傷口　吹き曝される骨の言葉
誰もが口にしたくない生きた言葉のかずかずを　生きているかぎり
私たちは掘り出さなければならないだろう
その上を灰の舞うように絶え間なく降る死んだ言葉

飽くこともなく地獄の亡者のように付き纏う
絶えることなく降りてくる灰の妄語
気がつけばそこに覆い尽くされていく
絶えることない殺戮と繰り返される収奪をまえに
否応もなく私たちは突きつけられる
繰り返される殺戮と収奪をまえに　今も私たちの友が撃たれていく
　のを

だが強く自分に言い聞かせよう　死んだ戦友《とも》たちの数に
撃たねばならなかった「敵」の数をも加えなければならないと
私たちは加えなければならないのだ
私の言葉に私の言葉を上回る消えていった無数の言葉を
記されなかった無数の「敵」の言葉を

死者たちと共に生きなければならないだろう
虚空に消えていった言葉たちを……

そしてまた私自身に問い詰めるだろう――
お前の言葉が誰一人殺すことはなかったろうか
お前の差別と排除の言葉が　誰ひとり射つことはなかったろうか
……

殺すことは
世界を奪うことだ
差別することは
世界から排除することだ
そしてまた

殺されたものは世界から抹殺されたのではなく
世界を排除されたのだ
そして世界は大量に抹殺され続けている

＊ 黒田喜夫

Ⅳ

今ここに在ることの不思議

今ここに在ることの不思議に惹かれる

1

――すべてが初めての体験だった

路地に面して開け放った丸十製パンの窓際に
少しばかりの足場に　背伸びして
窓から魅せられたように覗き込む少年に
捲りあげた腕でパン種を練る職人の腕
肌色をした白い生地に卵を割り込んだ男の手が
その生地を女体のように抱えては叩きつける
手をのばすと柔らかな肌
初めてその生地に唇を触れる――

2

――すべてが初めての体験だった

空襲警報を知らせるサイレンに
少年は電灯の周りを黒い布で覆って
ボリュームを下げたラジオに耳を澄ませる

突然チャイムとともに
暗闇の向こうから声
東部軍司令部情報　関東地区　空襲警報発令　空襲警報発令
南方海上ノ敵機動部隊ヨリ発進セルＢ29ノ大編隊ハ
本土ニ向カッテ接近シツツアリ……

一瞬の静寂の後

再び鳴りだす音楽になぜか安らぎを覚える
少年は自分に言い聞かせるのだ
いつもと変わらない世界が
このラジオの向こう側にはある
ほら　頭上を過ぎてゆく大編隊の爆音にも
いつもと変わらず流れてくる管弦楽
世界はなにも変わりはしない　昨日とおなじ今日は
あるだろう
なにも変わりはしないのだ　そうしてぼくは……もうすぐあの音楽
が
招く美しい世界へ　灯火管制下の小さな明かりの下で　不安な少年
は
変わらず送られてくるベートーベンに

耳傾ける……すべてが初めての体験だった

そしてすべての少年の夢は喪われる
白昼炎天の高高度いっぱいに展げられたレース模様のような銀色の
重爆撃機の大編隊が通り過ぎ
一切が暗転する……
橋の下へ行け
川の中に逃げ込め　上から注がれる
油脂焼夷弾《ナパーム》が川の表に流れ　火炎の流れとなって
そのまま人間たちを舐め尽くす……
共同墓地の石塔の下で焼夷弾に背中を貫通され　墓石のように崩れ
　た老女
低空から機銃掃射に曝され逃げ惑う親子……

その母を失い裸のままで路傍に立っている
少年はもう泣くこともできなかった
焼きはらわれた小屋　立ち木にぶら下がったちぎれた手足
首のない赤ん坊を背負ったまま逃げてきた狂乱の母親……

どこをどうやってきたのだろう
気がつくと少年は不思議に広い道路の真ん中に放心していた
焼け落ちてゆく周りの家
まだ性懲りもなく爆撃機の翼が鏡となって一機ずつやって来る超低
　空を
揺らめく地上の炎を映しているのを眺めていた

不思議に明るい十字街の静寂

丘のうえの裁判所の大きな梁が焼け落ちてその太い柱が崩れる

…………

朝が来て水を捜しに来た少年は丘に立って驚く　街は
誰もいない海だ
一面　音もなく　焼き尽くされた街は
誰もいない灰色の海となって死んだ

3

――すべてが初めての体験だった

裏庭の納屋の隅で　鶏の喉を切り裂き
羽をむしる隣家《となり》の男にぼくの肌は鳥肌立ち
ぼくの情緒は四歳で凍りついたまま
以来成長することを拒んだ

あの日落下傘で投降してきた
米兵捕虜*を国道に引きずり回し
寄ってたかって殴り殺すのを見て
七歳の俺は以来ひとびとの優しさを受け入れるのを
拒んだ

またその裏庭の納屋の中で
米兵に強姦される従姉を見てから
少年の俺は立ちすくんだまま
勃起することができなくなった

こうしてすべてが発育不全のまま　今
お前は取り残されていくのをまのあたりにする
すべてがお前を置きざりにして
行ってしまう

「時代」のバンドワゴンは
多くの楽団を載せたまま喧噪を奏で
その時車上に異議を申し立てるものは

不燃ゴミのように袋につめ　投げ棄てて行ってしまう

＊ 東京を空襲した米軍爆撃機の兵士

V　初めての物語

でっぷりとした大年増は少年を台所の板の間に招じいれ
あたしはね　代議士のめかけなんだよ
昼間は誰もいないの　遠慮なく食べておゆきよ

ああ電気屋さん　お茶にしていかねえか
一抱えもある釜ごと蒸したさつま芋を縁側に持ち出してくる老農夫
皿に盛った白砂糖をスプーンで掬い　サア手を出して　という
（諸が主食で　白い砂糖がご馳走だった時代だったんだ）

今月はこれで何とか数字を操作してくれとポケットに紙幣をねじ込む精米所の親爺
いいから貰っていきなという先輩指導員
誰もいないから食べて行ってください

待っていたかのように命令と懇願の入り混じった口調で
少年をキッチンにひきとめ
屋敷町の若い女性に昼食を食べさせられた　広いキッチンに
独り胸を病んでいるのだろうか透き通るような憂いに沈んだ白い顔
　の傍らで
魔法にかけられたような恥ずかしさと
羞恥の想いに硬くなりながら馳走になるカレーライス

米軍接収将校住宅の広い屋敷に裸足で　飛び出してきて
猛犬を抑えてくれた白人少女の真っ白い素足
不法侵入だと怒鳴りちらす入れ墨男
配線に工作をして電気を盗む男
悔しさを嚙みしめて涙をこらえる背中から　肩越しに

静かに言葉をかけてきた孤児院の少年の
「君　元気を出したまえ」という大人びた慰めの言葉——

――すべてが初めての物語だった

子供のころ
黒めがねは泥棒の印だった
泥棒こそはしなかったが
抑えがたい好奇心から　私は
ある日こっそり　黒眼鏡《サングラス》をかけてみた

するとたちまち　世界はその裏側を見せ
途端に私は
覗き見ることの愉悦《ゆえつ》を知った
暗い二つの窓のこちら側から　一瞬
世界が暗くなるのを見る

残酷な悦《よろこ》び
私は私の闇にまぎれて大胆になり
二つの黒い窓を透して
世界が世界のままに崩れてゆく世界を見すえる
サングラスを外すと
世界は完全に私の部屋《もの》になった

子供のころ
仮面は嘘つきの徴《しるし》だった
嘘つきは厭だったが
抑え難い好奇心から　私は
あるとき　こっそり仮面をつけてみた

すると世界は不用意に　その裏側を見せ
途端に私は
佯《いつわ》ることの愉悦を知った
仮面のこちらに身を潜め　盗み見ることの愉しさ
二つの小さな覗き穴を透して大胆になり
私は世界の外側から
「世界」という
私を弾き出すものの内部を窺う

仮面を冠る
すると仮面の向こう側から私の二つの覗き穴を透して
世界が

仮面をつけて　私を窺っていた
愕いてその仮面を引っ剝がすと　その奥に
さらなる仮面が……
ひとたび仮面をつけたものの　愉悦の中の惨《いた》ましさ
かくて残酷な愉悦のもとに
私は仮面をつけたまま限りなく世界の仮面と向きあう

――これが君の部屋だ
乱雑に積み重なった紙の山
破れた書籍とノートの今にも雪崩れそうな堆積
だが　今この部屋に君はいない
だって君はこの部屋の窓の外から
この部屋を覗いているから
部屋には誰もいないんだ

君は仮面を通して
自分の居ない世界を見ている
ペンは無造作にころがり
ノートパソコンの蓋は開いたまま閉じる気配もない
あるじが出て行ったまま

帰ってこない部屋はこんなもんだ

こんな風に君が見ているこの場所に立って
ある日死んだ彼がかわりに覗き見るのもこんな部屋だ
私も世界をこんな風に見てる
私が窓のこちら側から覗き見ている世界は
ある日君が
入れ替わり見るようになる
相も変わらず彼のいない世界が
そこに　君の仮面の外側にある

――これが私の部屋だ
乱雑に積み重なった紙の山
破れた書籍とノートの今にも雪崩れそうな堆積
だが　今この部屋に私はいない
だって私はこの部屋の窓の外から
この部屋を覗いているから
部屋には誰もいないんだ

私も　仮面を通して
ここに私の死後の世界を見ている
ペンは無造作にころがり
ノートパソコンの蓋は開いたまま閉じる気配もない
あるじが立ちあがって出て行ったまま

帰ってこない部屋はこんなもんだ

こんな風に私が見ているこの場所に立って
ある日君がかわりに覗き見るのも
こんな部屋だ
私も世界をこんな風に見てる
私が窓のこちら側から覗き見ている世界は
ある日君が入れ替わり見るようになる
相も変わらず私のいない世界が
そこに　君の仮面の外側にある

私の仮面の内にも外にも
もう

私はいない

Ⅵ　自分史的終章

自分の場所で咲くしかない、これが全ての言葉に先立つ。そのようにしてこの詩集はささやかに花開くことができた。

敗戦とともに我が家の没落は始まった。父が病に倒れたのだ。下された診断は洒落にもならなかった。「結核性肺尖カタル」、こうして父は働けなくなり、残された七人家族は父不在のまま荒波のなかに取り込まれた。

特に母と兄と私の三人が八人の家族を支えなければならなかった。

幸い父には（我が家には）徴兵された青年に代って戦中雇った英鎮（日本名宇野英一・英どん）という朝鮮人青年がいて、この人物とその仲間が陰に陽に助力してくれた。彼より五つほど年下の私もいい友達だった。

父が戦時統制令によって米屋を廃業に追い込まれて後、花火屋の長兄と一緒に火薬工場を立ち上げたときにも（これも花火工場の転業だった）父は彼を信頼できる部下として重用したのである。本土決戦を控えて国民に配布する陶製《せともの》の手榴弾や、和紙による風船爆弾の素材や、果てはロケット花火の兵器への転用など、貧しい兵器の製作を陸軍から命ぜられると言う、およそ子供だましのような断末魔の軍需産業だったが、彼はいつも「あんたのお父さんとお母さんだけが、僕を差別しなかった」と、いつもそのことを繰り返した。差別する側のものが言うのではなく、される側からの度重なるその言葉は嬉しかった。言われてみると、私たち兄弟にも差別意識を持つ余裕はなかった。

事実彼と二人で僅かな野菜を運んでいるとき、警察に捕まったことがある。食糧の移動は法令違反だという。当時の巡査はサーベル（洋刀）を提げ、その鞘で床を突いては脅したり、恫喝したり、何とか「自白」させようとしたりした。私たちは「共犯者」だった。しかし自転車の荷台に括り付けていたのは、隣組で作ったわずかな野菜だったのだ。

そんな彼の恩返しだったのだろう。当時は朝鮮人というある種の危うさはあったが、時には仕事を、時には仲間を紹介し、仲間も実に親身に尽くしてくれ、我が家も数年のうちには長兄による一軒のレストランとして、自立への道を拓くことができた。

敗戦がもたらした「父の不在」を共に生き抜いてきた私の家族たちも、それらの事情は照応されているはずであり、私の昭和は極めて不満足のまま取り敢えず纏まりのない形でここに曝されることになった。

なお父は、その後健康を回復し、「雲母」、「秋」の俳句誌に石原八束氏の強い推挙のもと句作を続け、『花火師』、『いわし雲』、『母郷』と三冊の句集を刊行した。このことを知った朝鮮の友人は、「俳句を作る人って立派な人なんだなあ」と、ちょっと的外れな感想を呟いたのを憶えている。

今その友人禹英鎮は奥高尾の霊園に永眠している。

あとがき　遅れたレポート

この詩集は生まれるべくして生まれた。

八十路《やそじ》を過ぎ「九十路《くそじ》」の峠を越えてなお生きようとしている、などと駄洒落をもてあそんでいる暇もなく、こんな形になってしまった。

それは著名な昭和の作家たちの訃報が次々と伝えられてきたことから始まる。昭和という戦争と平和を共に生きた貴重な証人でもある、半藤一利さんが亡くなったことでも、また一人「昭和」が消えたという悔しさに似た思いが私を突き動かした。

昭和の作家が次々にこの世を去っていく。それらは、それぞれ昭和の終わりを益々確実なものにするものであった。それらは私たちの中に古い蜘蛛の巣のように張り付いていた「昭和」を一つ一つ振り払うものであった。

咄嗟に強い戸惑い、何かが欠落していないか、という強い悔しさに似た思いに突き動かされた。

欠落している、それは昭和における「私自身」の存在だった。

私たちは「昭和」という激しかった時代についての記述をそれぞれの作家に大きく負っているが、私にも、私だけが歩かされた「時間」、そして咲かされた「空間」があったはずだ。だがその痕跡すら見えない。そう強く思ったとき、この詩集は自然発生的に始まっていた。

私を通して昭和がいくらか垣間見られるようなものが、たとえ小さな爪痕でも残ったらよい。しかし私の、私の家族たちの、この自分史的序章は、序章であって、単なるきっかけまたは始まりに過ぎず、結果はこのような形でしか終わることができなかった。

＊

「唖問」とは、果してそのような言葉はあるのだろうか？　私は知らない。私のこじつけにしかすぎないのだともいえるだろう。しかしその由来についてははっきりと書くことができる。もう何年も前から、老齢化が進む私自身を密かに「老徒齢唖問」と称してきた。勿論駄洒落でもあるが、大体その意味は見ていただければわかるであろう。年を取っても未だ唖者としてしか立てない自分であるが、尚問いを続けるのだという気負いを込めていたつもりなのである。

言わずもがなであるが、極北の詩人ロートレアモンの足許にすら及ばない老徒齢唖問である。

尚、このたび作品の発表を推され、詩集発行に際しては種々のご援助を戴いた高木祐子様、川中子義勝様はじめ「詩と思想」誌編集の皆様に、大変お世話になりました。厚く感謝申し上げます。

二〇二四年三月

小勝雅夫

著者略歴

小勝雅夫（おがつ・まさお）

1931年（昭和6年）東京市四谷区麹町（現新宿区）生まれ

詩集『啞・言葉』『夜間非行』『近似的小説ウスタゴ』『近似的詩人ウスタゴ多重音声遁走曲』『淡彩胞の夢』ほか

現住所　〒192-0066　東京都八王子市本町4-4

詩集　啞《あ》問《もん》

発行　二〇二四年五月三十日

著者　小勝雅夫
装幀　直井和夫
発行者　高木祐子
発行所　土曜美術社出版販売
〒162-0813　東京都新宿区東五軒町三—一〇
電話　〇三—五二二九—〇七三〇
FAX　〇三—五二二九—〇七三二
振替　〇〇一六〇—九—七五六九〇九
印刷・製本　モリモト印刷
ISBN978-4-8120-2830-8　C0092